LE ST
DELL'ARCO ...NO

Illustrazioni: Sara Menetti
Progetto grafico: Lisa Amerighi
Redazione: Elisa Fratton

www.giunti.it

© 2016 Giunti Editore S.p.A.
Via Bolognese, 165 - 50139 Firenze - Italia
Piazza Virgilio, 4 - 20123 Milano - Italia

Prima edizione: giugno 2016

Stampato presso Lego SpA, stabilimento di Lavis

Stefania Lepera

# La città
# che diventò
# una foresta

**G GIUNTI Junior**

# Capitolo 1

# Benny è ingrassato

Come tutti i lunedì mattina, Diego e Anna Rosmini si trascinarono in cucina per fare colazione e si lasciarono cadere sulle sedie, con gli occhi semichiusi e senza un briciolo di forza.

«Comunque, secondo me qualcuno

trucca gli orologi» disse Diego dopo un po'. «Non è possibile che il sabato e la domenica passino così in fretta!»

«Uhm» farfugliò Anna. Accusava il sonno persino più del fratello, e non era ancora in grado di parlare.

«Su con la vita!» esclamò Angela, la mamma. «Finite di fare colazione e andate a prepararvi».

«Uhm-uhm» ribadì Anna. Osservò pigramente i biscotti che galleggiavano nel latte, poi sbadigliò e si stiracchiò. In quel momento, il suo sguardo si soffermò sul Ficus Benjamin, una pianta che da anni abitava l'angolo della cucina vicino alla finestra, e che in famiglia tutti chiamavano amichevolmente Benny.

Il ficus aveva qualcosa di strano. Il suo bel tronco dritto e sottile sembrava rigonfio.

«Che succede a Benny?» chiese Anna. «È ingrassato?»

«In che senso?» domandò la mamma.

«È un po' diverso dal solito...» rispose Anna. «Ha... la pancia!»

Angela si chinò sul ficus per esaminarlo. Benny era il suo orgoglio: lo curava con tantissimo amore, lo nutriva e lo annaffiava regolarmente, e spesso spolverava una per una le tenere foglioline con un pennello.

«In effetti...» mormorò tastando il

terriccio con un dito. «Forse gli ho dato troppo da bere. Lo metterò a dieta. Comunque non mi sembra niente di grave» concluse. «Adesso sbrigatevi! È tardi!»

Mentre la mamma si affrettava negli ultimi preparativi, Anna lanciò un'occhiata a Benny.

Era una sua impressione, o uno dei rami si stava muovendo?

Quella sera, di ritorno a casa, erano tutti troppo affaccendati per occuparsi di Benny. Tra i compiti, la cena da preparare, i panni da stendere, nessuno prestò attenzione al ficus. Solo più tardi, mentre erano seduti a tavola, Anna si ricordò di quello che aveva notato al mattino.

Guardò Benny e si accorse che adesso anche i sottili ramoscelli sembravano più grossi.

«Mamma!» esclamò inghiottendo una polpetta. «Benny è cresciuto ancora!»

«Questa è bella!» disse Angela, seguendo lo sguardo della bambina. «Hai ragione!»

In effetti Benny, che era sempre stato alto e sottile, adesso era un alberello panciuto.

«Roberto! Non noti anche tu qualcosa di strano?» soggiunse la mamma, rivolta al marito.

Roberto, che a dire la verità non si era mai occupato molto di Benny ed era impegnato a svuotare il piatto che aveva davanti, lanciò alla pianta un'occhiata distratta.

«A me sembra sempre uguale» rispose.

«Eppure...» disse Angela. «Mah! Forse ho sbagliato concime» concluse.

Poi la conversazione si spostò su altri argomenti, e nessuno pensò più a Benny.

Qualche ora più tardi, Diego fu svegliato da una strana sensazione: qualcosa gli stava facendo il solletico sulla guancia! Il bambino socchiuse gli occhi, ma nella penombra non vide nulla. Era così assonnato che alzarsi per accendere la luce gli sembrava un'impresa titanica, così decise di mettere semplicemente la testa sotto il cuscino.

Poco dopo, ecco di nuovo quello strano solletico, questa volta sul collo. Diego spalancò gli occhi e si mise a sedere di scatto. Guardò davanti a sé e lanciò un lungo, acutissimo grido.

Sul letto c'era un'ombra che, molto lentamente, si muoveva verso di lui.

L'urlo di Diego svegliò tutti. I genitori si precipitarono nella sua stanza, seguiti da Anna che rimase sulla porta stropicciandosi gli occhi. «Che hai?» chiese la bambina. «Un incubo?»

Prima che Diego potesse rispondere, un altro urlo squarciò la notte. Roberto, avvicinandosi al letto, aveva inciampato ed era andato a sbattere il ginocchio contro la scrivania.

«Aaah! Che male!» gemette. «Quante volte ti ho detto di non lasciare roba in giro?»

A quel punto, Angela accese la luce e la verità fu chiara a tutti. Il pavimento

era attraversato da un lungo, lunghis-
simo ramo che aveva raggiunto il letto e
si muoveva come un serpente. I Rosmini
seguirono il ramo a ritroso fino in cucina e lì capirono.

Benny era diventato enorme e continuava a crescere sotto i loro occhi.

# Capitolo 2

# Invasione!

La famiglia Rosmini non poteva saperlo, ma non erano gli unici a essersi svegliati bruscamente quella notte. In tutte le case della città, infatti, stava avvenendo qualcosa di simile. Piante d'appartamento che si allungavano fino al soffitto e ricadevano giù in un intreccio di rami; alberi dei cortili che entravano nelle case dai camini o dalle finestre aperte; erba dei giardini che cresceva a dismisura, s'infilava sotto le porte e ricopriva velocemente i pavimenti.

Alcune persone, muovendosi a tentoni nel buio, si ritrovarono ad abbracciare giganteschi cactus spinosi. Ovunque, grida di stupore e di paura (e di dolore, per chi aveva incontrato i cactus), un trambusto di gente che correva da una casa all'altra, telefoni che squillavano, sirene che ululavano.

Qualcuno chiamò i pompieri, i pompieri chiamarono la polizia, la polizia chiamò il sindaco, il sindaco chiamò gli assessori, gli assessori chiamarono gli scienziati. Nessuno sapeva cosa stesse accadendo e perché, ma era chiaro che le piante stavano invadendo tutto!

Quando il sole sorse, quella mattina, la città era completamente trasformata. Gli edifici, anche quelli più alti, si intravedevano appena perché erano circondati da alberi giganteschi e l'erba aveva ricoperto i muri e i tetti. I balconi fioriti erano diventati foreste tropicali, i parchi erano boschi imponenti, le strade erano fiumi verdi, i lampioni erano avvolti in spire di rampicanti.

Ma la cosa più straordinaria era forse

il silenzio. Un silenzio così, in quella città, non si era mai sentito.

Dopo il primo allarme notturno, infatti, tutto si era fermato. Le strade erano ricoperte di vegetazione e le auto, i camion, gli autobus e i tram se ne stavano immobili sotto coperte di foglie e muschio. Le persone, contagiate da quel silenzio improvviso, parlavano

tra loro sussurrando ed erano costrette a muoversi con molta prudenza per non inciampare in una radice o non ritrovarsi con un ramo in un orecchio. Tutti, ovviamente, formulavano teorie su ciò che stava accadendo.

«Sono piante aliene!»

«Macché! Qui ci sono di mezzo i servizi segreti!»

«Non sono d'accordo! Secondo me è un effetto dello spostamento dell'asse terrestre!»

«Te lo dico io, avranno fatto qualche esperimento che è sfuggito al controllo. Un superfertilizzante, o qualcosa del genere».

«Secondo me la spiegazione è molto semplice: sono le onde elettromagnetiche dei cellulari!»

«Sarà colpa di mia suocera... lei c'entra sempre!»

Qualunque fosse il motivo di quel misterioso fenomeno, una cosa era certa: quella non sarebbe stata una giornata come tutte le altre.

# Capitolo 3

## Niente scuola!

Benny, che era un ficus beneducato, non era stato molto invadente. Era arrivato fino al bagno, poi, verso mezzogiorno, aveva smesso di crescere, e ora occupava circa metà della casa.

Dopo un paio di telefonate, Angela

e Roberto avevano scoperto che i loro uffici erano chiusi, così come la scuola. Non restava che aspettare e vedere che cosa sarebbe successo.

«Ehi, Anna, tu lo sai fare questo?» chiese Diego mentre mostrava alla sorella ciò che aveva appena imparato. Saltando su un piede solo, Diego andava avanti e indietro per il corridoio senza sfiorare Benny.

«Certo! Che ci vuole?» rispose Anna buttandosi a capofitto nell'impresa.

«Spostatevi, bambini» disse il papà, che era tornato su dalla cantina brandendo un paio di grosse cesoie. «Ora ci penso io!»

«Che cosa hai intenzione di fare?» domandò la mamma, con un'occhiata sospettosa alle cesoie.

«Do una potatina a questo coso» rispose Roberto. «In mezz'ora sistemo tutto».

«Non ci pensare neanche!» ribatté Angela, con un tono che non ammetteva repliche. «Benny non si tocca!»

«Ma come?» disse Roberto, allibito. «Non vorrai lasciarlo così?»

«Certi lavori vanno affidati agli esperti. Una potatura maldestra può danneggiare la pianta» concluse Angela.

«Ma...» provò a obiettare Roberto, ancora con le cesoie in mano.

«Ti prego papà, lascialo stare» intervenne Diego, che adesso volteggiava appeso a un ramo che pendeva dal soffitto come una liana. «È troppo divertente!»

«Scendi subito di lì, tu» disse Angela, in tono severo. «Così lo rompi!»

«Uffa!» esclamò Diego mollando la presa (in effetti aveva due o tre foglioline in una manica).

«Possiamo andare giù a giocare?» chiese Anna, guardando dalla finestra. «Ci sono tutti!»

Oltre ad Anna e Diego, nel condominio vivevano altri quattro bambini, che adesso erano in strada. O meglio, sull'erba che ricopriva la strada. L'intero viale Dante Alighieri era una lunga distesa verde e gli alberi, che prima punteggiavano lo spartitraffico, adesso occupavano le corsie.

«Va bene, ma state attenti» disse la mamma. «Non vi allontanate troppo! E quando...»

Anna e Diego non le diedero neppure il tempo

di finire la frase, perché un attimo dopo stavano già correndo fuori per raggiungere gli altri bambini.

Non che fossero proprio amici. Conoscevano appena i loro nomi: Laura, Riccardo, Irene e Camilla. Di solito erano tutti così presi dai loro impegni, tra la scuola, gli sport, le lezioni di chitarra e di inglese, che si incrociavano giusto in ascensore o lungo le scale. Giocare fuori era impossibile, perché l'edificio affacciava direttamente su un viale a quattro corsie.

Quel giorno, però, tutto era diverso. Neppure le biciclette potevano circolare su quel tappeto d'erba e quell'intrico di radici, e dunque non c'era davvero alcun pericolo. Quando Anna e Diego arrivarono di sotto, scoprirono che la strada era affollata di bambini. Alcuni avevano portato un pallone e improvvisato un campo da calcio. Altri giocavano a nascondino tra colossali tronchi d'albero. Altri ancora stavano facendo un pic-nic sul marciapiede. Qualcuno si era portato dietro il cagnolino, qualcuno una bambola, qualcuno un libro. Una bambina aveva convinto suo padre a legare un paio di corde a un possente ramo e ora aspettava impaziente di salire sulla sua nuova altalena, mentre dietro di lei si andava già formando una lunga fila.

«Ma da dove arrivano tutti questi bambini?» chiese Diego, guardandosi intorno. «Boh!» rispose Anna. «Alcuni non li ho mai visti!»

«Ciao!» disse una voce alle loro spalle. I due fratelli si voltarono e riconobbero Alessandro, un compagno di classe di Diego.

«Ciao!» risposero in coro, un po' stupiti di vederlo.

«Anche voi qui?» chiese lui, altrettanto stupito.

«Certo, noi abitiamo in questo palazzo!» spiegò Anna.

«Dai!» esclamò Alessandro. «Io abito lì, invece» disse indicando un edificio all'angolo della strada.

«Non lo sapevo!» commentò Diego. «Siamo quasi vicini di casa!»

«Che strano. Neanche io lo sapevo» aggiunse Alessandro. «Eppure ci conosciamo da tanto!»

«Già» disse Anna. «Però ci vediamo solo a scuola».

«A proposito di scuola» disse Alessandro, abbassando la voce come per confidare un segreto. «Secondo mia madre rimarrà chiusa per un bel po'. Le piante hanno invaso tutto ed è praticamente impossibile aprire le porte!»

«Che notizia fantastica!» esultò Diego, con gli occhi che brillavano di felicità. «Questa storia delle piante mutanti comincia a piacermi!»

## Capitolo 4

# Sull'albero

Con grande gioia di Diego, Anna e di tutti i bambini della città, Alessandro aveva ragione. Quel pomeriggio, infatti, arrivò l'annuncio che le scuole, e la maggior parte dei luoghi di lavoro, sarebbero rimasti chiusi fino a data da stabilirsi. L'invasione verde aveva reso inaccessibili molti edifici, ed era impossibile spostarsi con qualsiasi mezzo. Perfino la metropolitana era bloccata, perché le piante avevano occupato la maggior parte degli accessi, e gigantesche radici si erano spinte fino ai tunnel in cui, di solito, passavano i treni.

Alla tv si parlava quasi esclusivamente di ciò che stava accadendo e la notizia aveva fatto rapidamente il giro del mondo. A quanto mostravano le immagini riprese dagli elicotteri, le piante avevano ricoperto tutto il centro abitato e buona parte dei dintorni. Vista dall'alto, la città sembrava una foresta,

una grande bolla verde nel bel mezzo della pianura.

Gli adulti, in generale, non erano affatto felici di questa situazione. Erano tutti preoccupati per un lavoro da consegnare, una pratica da sbrigare, la merce da vendere... E poi erano così abituati a stare ore incolonnati nel traffico, ore in fila al supermercato, ore in attesa davanti a uno sportello, che tutto quel tempo libero, all'improvviso, li disorientava.

I bambini, invece, sapevano benissimo come godersi quella vacanza inaspettata, in quell'inaspettato parco giochi naturale.

Anna e Diego erano tornati in casa per il pranzo, avevano aiutato i genitori a sparecchiare stando ben attenti a non maltrattare Benny mentre si muovevano tra il tavolo (o quel che ne restava) e il lavandino (o quel che ne restava), poi avevano sentito alla tv la notizia della chiusura delle scuole. A quel punto la loro gioia era esplosa in grida, salti, abbracci e poi si erano precipitati giù in strada a commentare la notizia con gli altri.

Viale Dante Alighieri era ancora pieno di bambini. Diego e Anna ritrovarono Alessandro che palleggiava con Riccardo, mentre Laura, Irene e Camilla facevano una gara di salto a ostacoli tra le radici che affioravano dal terreno.

«Avete sentito cos'hanno detto al telegiornale? Scuole chiuse, e non si sa quando riapriranno!» disse Diego, al settimo cielo.

«Forse mai!» aggiunse Anna (ma questa era una sua speranza, non lo avevano detto alla tv).

«Evviva!» gridò Alessandro sferrando un calcio al pallone, che finì tra i rami di un albero.

«Il mio pallone!» esclamò Riccardo. «Adesso come faccio a tirarlo giù?»

In effetti, la palla si trovava a diversi metri di altezza, ben incastrata nell'incrocio tra due rami.

«Ci arrampichiamo e lo prendiamo» disse Diego.

«Ci arrampichiamo?» ripeté Riccardo. «Io non mi sono mai arrampicato su un albero!»

«Be', nemmeno io» ammise Diego. «Ma non sarà così difficile. Proviamo?»

«Se rivoglio il mio pallone...» rispose Riccardo. Si avvicinò all'albero e prese a studiare il grosso tronco per cercare un modo di scalarlo.

«Aspettate, vengo anch'io!» disse Anna. «Facciamo che chi prende il pallone vince un premio?»

«Che premio?» chiese Diego. «Io non faccio nessuna gara se non so qual è il premio!»

«Uffa! Come sei...» sbuffò Anna.

«Scusate!» li interruppe Riccardo. «Quando avete finito di discutere, io avrei bisogno di aiuto!»

Il ragazzo aveva già scalato il tronco e si era issato su un ramo.

«Come hai fatto?» chiese Alessandro, stupito da tanta agilità.

«È facile!» spiegò Riccardo. «Basta attaccarsi alla corteccia!»

In effetti l'albero, una vecchia quercia, era cresciuto fino a diventare grande come una cattedrale: il suo tronco occupava quasi tutta la strada e ogni pezzetto della sua corteccia, grosso come un quaderno, offriva un ottimo appiglio per la scalata.

«Da quassù non riesco a vedere il pallone» disse Riccardo. «Mi dite dove devo andare?»

«Vai avanti e poi gira a destra al prossimo ramo, poi di nuovo a destra!» indicò Alessandro.

I rami erano larghi come sentieri, Riccardo si mise in piedi e poté tranquillamente camminare per andare a recuperare il pallone. Poi si sedette ad ammirare il panorama.

Nel frattempo, Diego, Anna e Alessandro lo avevano raggiunto.

«Che bello!» esclamò Anna. «Da qui si vede tutto il viale!»

«Guarda, quella dev'essere la macchina di papà!» disse Diego, indicando una forma indistinta sotto una coperta d'erba e margheritine.

«Come fai a dirlo? Non si vede neanche!» obiettò Anna.

«Perché spunta l'antenna» spiegò Diego. «C'è ancora il fiocco bianco di quando siamo andati al matrimonio dello zio!»

«Possiamo salire anche noi?» chiese Camilla, ai piedi dell'albero. Alla base della quercia si era raccolto un gruppetto di bambini con il naso all'insù.

«Certo!» rispose Anna. «L'albero è di tutti!»

# Capitolo 5

# Lamentele in arrivo

Da quel momento, la grande quercia divenne il quartier generale dei bambini del circondario.

Diego, Anna e i loro amici trasferirono lassù giochi da tavolo, bambole, fumetti, libri, confezioni di biscotti, patatine, noccioline… Di spazio ce n'era in abbondanza, e l'andirivieni continuo di bambini su e giù per il tronco e per i rami faceva pensare a un gioioso formicaio.

In quelle tiepide giornate di primavera, era una delizia poter stare all'aperto dall'alba al tramonto, i bambini rientravano in casa solo per mangiare e per dormire.

Ben presto cominciarono anche le lamentele. Un pomeriggio, un vecchio signore burbero che abitava all'ultimo piano del palazzo dove vivevano i Rosmini si affacciò alla finestra e prese a brontolare.

«Vogliamo smetterla con gli schiamazzi?» ruggì. «Questa è proprietà privata!»

«Questa cosa?» chiese Anna, che non era tipo da farsi mettere i piedi in testa. «La quercia non è mica sua!»

«Oh be'!» ribatté il signore, interdetto. «Che impertinente! La gioventù di oggi non ha più rispetto per gli anziani!»

Poi, siccome non poteva negare che Anna avesse ragione, fu costretto a battere in ritirata.

Il giorno dopo, ecco arrivare un vigile armato di fischietto.

«Ragazzi, non si può stare lassù! Scendete subito!» gridò.

«E perché?» chiese Irene, che stava sgranocchiando dei pistacchi comodamente sdraiata su un ramo.

«Perché la legge dice… ehm» attaccò il vigile. «Dunque, il regolamento impone…» Ma si trovò in difficoltà, perché in effetti non gli veniva in mente nessun articolo da citare a sostegno della sua tesi. «Perché lo dico io, ecco perché!»

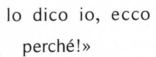

In quel momento passava di lì Angela, che era andata in un negozietto a procurarsi della frutta.

«Qualcosa non va?» chiese, notando il severo cipiglio del vigile.

«Direi proprio che *tutto* non va!» rispose lui. «Le sembra normale che quei bambini se ne stiano su un albero?»

«Be', a dire il vero ultimamente non c'è niente di normale qua in giro» rispose Angela.

«Sì, certo!» ribatté il vigile. «Ciò non toglie che quei bambini non possono stare lì!»

«E perché?» chiese ancora Angela.

«Ma perché... perché è pericoloso! E se qualcuno cade giù?» disse il vigile, piuttosto stupito della tranquillità della donna.

«Su, su» disse lei. «Guardi bene quell'albero. Ha rami larghi e spaziosi come il mio salotto. Non c'è nessun pericolo!»

A quel punto il signore burbero dell'ultimo piano, che aveva ascoltato tutta la conversazione dalla finestra, si affacciò e cominciò a borbottare: «Roba da matti! Non c'è più rispetto neppure per le autorità, dove andremo a finire?».

«Mi scusi» ribatté Angela. «Ma qui se c'è qualcuno che manca di rispetto è lei.

Io sto parlando molto tranquillamente. Se ha qualcosa da dire, scenda e ne discutiamo a quattr'occhi!»

«Tua mamma è proprio forte!» disse Irene, rivolta ad Anna.

«Lo so» rispose lei, orgogliosa.

«Io penso» continuò Angela «che i bambini abbiano tutto il diritto di giocare. Lei ha figli?»

«Io... sì! Un bambino di quattro anni» rispose il vigile, confuso.

«E dov'è in questo momento?»

«Lui è...» Il vigile si fermò un attimo a riflettere. Quando aveva salutato suo figlio, quella mattina, stava arredando un buco nel tronco di un albero con

alcuni cuscini, aiutato dalla mamma.
«Lui non è *sopra* un albero!»

«E dov'è allora?» incalzò Angela.

«Be' credo… Credo che sia *dentro* un
albero!» fu costretto ad ammettere il
vigile.

«Bene, allora direi che non c'è altro da aggiungere» concluse Angela.
«Buona giornata!» disse poi, aprendo
il portone per richiuderselo
immediatamente alle
spalle. Il vigile restò a
fissare il portone per
qualche secondo, poi
scrollò le spalle e se
ne andò.

# Capitolo 6

# Arrivano anche i guai

Era passata una settimana dalla notte in cui la strana metamorfosi delle piante aveva avuto inizio, quando cominciarono a circolare minacciosi volantini.

# AVVISO
## A TUTTA LA POPOLAZIONE

DOMANI INIZIERANNO I LAVORI
DI RIPRISTINO DELLA VIABILITÀ.
IL CONSIGLIO COMUNALE HA
ORDINATO L'ABBATTIMENTO
DEGLI ALBERI E LA RIMOZIONE
DI TUTTI I VEGETALI.
INVITIAMO I CITTADINI A
RIMANERE NELLE PROPRIE
CASE PER EVITARE INCIDENTI.
CHI SARÀ TROVATO PER STRADA
DOPO LE ORE 8.00 SARÀ
SOGGETTO A SANZIONE.

FIRMATO: IL SINDACO

«Questo non mi piace per niente!»
disse Diego, leggendo uno dei volantini
affissi sul muro del condominio.

«E non piacerà neanche alla mamma!»

aggiunse Anna, che ricordava bene come aveva difeso Benny il giorno in cui suo padre era arrivato con le cesoie.

«Ma sono impazziti? Hanno davvero intenzione di tagliare gli alberi?» disse Laura, incredula.

«No, non voglio!» esclamò Irene, correndo ad abbracciare Quercia, come veniva chiamato il grande albero.

«Non lo permetteremo!» dichiarò Alessandro, risoluto.

«Già, ma come possiamo fare?» obiettò Riccardo. «Siamo solo bambini, nessuno ci darà retta!»

«Non lo so» ammise Alessandro.

«Io forse ho un'idea!» disse Diego.

La mattina dopo, squadre di vigili e poliziotti cominciarono a circolare per le strade, per assicurarsi che tutti i cittadini rispettassero l'ordinanza del sindaco. La tv trasmetteva le immagini di lunghe carovane di ruspe che arrivavano da altre città e stringevano sotto assedio la foresta.

Una pattuglia svoltò l'angolo di viale Dante Alighieri e procedette spedita per una decina di metri, poi si bloccò.

Tutti gli alberi del viale erano stati vestiti a festa: palloncini e striscioni colorati pendevano dai rami, e qua e là brillava anche qualche lucina.

I poliziotti si avvicinarono al primo albero, che era Quercia.

Tra le radici era stato piantato un cartello con la scritta: Giù le mani dai nostri alberi!!! (tanti punti esclamativi servivano a rendere più minaccioso il messaggio).

I poliziotti alzarono gli occhi e videro che, seduti sui rami, c'erano bambini e ragazzi di tutte le età.

«Giù di lì, voi!» intimò un agente. «Non avete letto gli avvisi?»

«Certo che li abbiamo letti!» rispose Anna. «È per questo che siamo qui!»

«Come sarebbe a dire?» chiese il poliziotto.

«Sarebbe a dire che non ci muoviamo!» spiegò Camilla.

«Se volete abbattere Quercia, dovrete farlo con noi sopra!» aggiunse Riccardo.

«Sentite, ragazzini» sbuffò il poliziotto. «Non fateci perdere tempo. Abbiamo del lavoro da fare!»

«E quale sarebbe questo lavoro?» domandò Diego. «Buttare giù delle piante indifese?»

«Indifese?» ribatté l'uomo. «Non so se ve ne siete accorti, ma la città è paralizzata da una settimana intera per colpa di queste piante!»

«Noi non siamo affatto paralizzati!» replicò Irene. «Anzi, non abbiamo mai

fatto tanto movimento! Guardate che muscoli!»

«I vostri genitori sanno che siete qui?» chiese il poliziotto, per nulla impressionato dai bicipiti mostrati con fierezza da Irene.

«Certo che lo sanno!» rispose Laura per tutti.

In effetti, quella era una clamorosa bugia. I genitori non erano stati informati, anzi, probabilmente li stavano cercando. Presto sarebbero scesi di sotto e sarebbe stato molto più difficile discutere con loro che con un intero esercito di poliziotti!

"Un problema alla volta" pensò Anna.

## Capitolo 7

# Dalla parte
# dei bambini

Com'era prevedibile, di lì a poco i genitori si accorsero che i figli non erano
affatto nei loro letti, come avevano cre-
duto. I bambini erano sgusciati via alle
prime luci del giorno, silenziosi come

gatti, e gli adulti non se n'erano resi conto fino all'ora di colazione. Adesso, in ciabatte e pigiama, corsero tutti per strada per richiamarli in casa. Mancavano pochi minuti alle otto e nessuno aveva intenzione di incorrere nelle sanzioni minacciate dall'avviso comunale.

Quando i genitori videro i poliziotti intorno alla quercia, capirono immediatamente quello che stava succedendo. E fu subito un coro di: «Davide, vieni giù!», «Luca, scendi!», «Camilla, torna immediatamente a casa!».

Anche Angela e Roberto andarono a cercare i loro bambini e quando li videro tranquillamente seduti su un ramo, circondati da una ventina di omoni in divisa, furono colti da un sentimento di apprensione mista ad ammirazione.

«Cosa state combinando?» chiese loro Roberto.

«Abbiamo deciso di difendere gli alberi, papà!» spiegò Diego.

«Non vogliamo che vengano tagliati!» aggiunse Anna.

«Ragazzi, voi avete ragione» disse Angela. «Ma dovete capire che…»

«Visto?» la interruppe un poliziotto. «Lo dicono anche i vostri genitori. Scendete o veniamo su a prendervi con la forza!»

«Lei sta scherzando, spero!» lo gelò

Angela. «Non penserà davvero di usare la forza con dei bambini?»

«Signora, forse lei non si rende conto della situazione!» replicò il poliziotto, infastidito.

«No, forse è lei che non si rende conto» intervenne Roberto. «I bambini stanno certamente disobbedendo all'ordinanza, ma non potete toccarli neppure con un dito!»

«Ma se non ci pensano i genitori, a insegnargli l'educazione...» intervenne il signore burbero dell'ultimo piano, che aveva origliato tutto come al solito. «Tocca alle forze dell'ordine occuparsene!»

«Chiudi
il becco tu,
cornacchia
spelacchiata!»
esclamò Angela
perdendo la pazienza.

«Mi ascolti bene» aggiunse poi, rivolta al poliziotto. «Se i bambini si comportano così, hanno delle buone ragioni. E io ho intenzione di aiutarli!» Poi si sfilò le ciabatte e, senza distogliere lo sguardo dal poliziotto, si arrampicò su Quercia per raggiungere i figli.

I bambini la accolsero con applausi e acclamazioni di gioia, e pochi secondi dopo si unì a loro anche Roberto. Diego e Anna corsero ad abbracciarli: «Grazie mamma, grazie papà!» dissero, con gli occhi lucidi.

«Grazie a voi» disse Angela, stringendo a sé i suoi bambini.

«Questo non è assolutamente ammissibile!» gridò il poliziotto. «Ora chiamo il sindaco!»

«Faccia pure» disse Roberto. «Noi non ci muoviamo di qui!»

Intanto, i genitori rimasti a terra si consultavano l'un l'altro. Alcuni erano decisi a far scendere i propri figli, altri erano più propensi a lasciarli stare e vedere come evolveva la situazione. Altri ancora, invece, preferirono seguire

l'esempio di Angela e Roberto e si ar-
rampicarono su Quercia.

«Ma sono impazziti tutti, da queste
parti?» si chiese il poliziotto, esaspe-
rato, mentre aspettava che il sindaco
rispondesse al telefono. «Cos'è? Una
specie di virus?»

# Capitolo 8

## La persona giusta

Nel giro di un'oretta, la notizia della protesta dei bambini si diffuse dappertutto. Quando il sindaco arrivò in viale Dante Alighieri (tutto sudato, perché non era abituato a camminare tanto), trovò Quercia piena di bambini e adulti.

Solo pochi genitori erano rimasti giù cercando di convincere i figli a scendere. Intanto, prima nelle strade vicine e poi via via in tutta la città, il virus aveva contagiato altri bambini che, spesso insieme ai loro genitori, si erano asserragliati su querce, ippocastani, tigli e pini. Dal centro alla periferia, in breve tutti gli alberi furono presidiati e il sindaco fu costretto a dare l'ordine di fermare l'avanzata delle ruspe.

«Andiamo, signori, ragionate» disse il sindaco, asciugandosi il sudore con un fazzoletto. «Non possiamo continuare così. Le piante vanno rimosse. Bisogna tornare alla normalità! Non pensate alle conseguenze sull'economia?»

«Certo che ci pensiamo» rispose Roberto. «Ma anche lei deve pensare alle ragioni dei bambini!»

«Ma non c'è altra soluzione!» ribatté il sindaco. «Gli alberi vanno abbattuti e tutta questa… erbaccia va rimossa!»

«Non sono d'accordo» intervenne Angela. «Io forse conosco una persona che può aiutarci!»

«Davvero?» sussurrò Roberto, a cui quella notizia giungeva nuova. «E chi sarebbe?»

«Ti ricordi Madame Flora?» rispose

Angela, sottovoce. «Quando Benny aveva tutte quelle foglioline gialle, il fioraio ci suggerì di chiamarla perché era una grande esperta di piante».

«È vero! Io me lo ricordo!» disse Diego.

«Era quella strana signora che parlava con Benny?» chiese Anna.

«Be', sì» rispose Angela. «In effetti era un tipo un po' bizzarro, ma Benny guarì grazie ai suoi consigli. Del resto, qualcuno ha altre idee?»

Tutti scossero la testa, quindi Angela tirò fuori il cellulare da una tasca del pigiama.

«Vediamo… dovrei avere

ancora il suo numero» mormorò scorrendo la rubrica. «Eccola qui. Ora la chiamo!»

Angela attese qualche secondo, poi una voce rispose.

«Pronto?»

«Pronto, Madame Flora? Buongiorno, sono Angela. Non so se si ricorda, venne a curare il nostro Ficus Benjamin che era ammalato».

«Ah sì, Benny. Certo che me lo ricordo. Era davvero molto spiritoso. Come sta ora?»

«Bene, grazie. In realtà la chiamo per un'altra questione…»

«Mi lasci indovinare. È per la metamorfosi delle piante, vero? Ne ho sentito parlare alla tv».

«Esatto… Avremmo bisogno del suo aiuto, perché il Comune ha deciso di abbattere gli alberi!»

«Oh oh! Che birbanti! Vengo subito!»

«Grazie! Ma se non sbaglio lei abita in un'altra città… e le strade sono tutte bloccate!»

«Non si preoccupi cara, ho i miei mezzi. Mi dia dieci minuti perché sono ancora in vestaglia!»

La comunicazione si interruppe, e Angela rivolse uno sguardo interrogativo a suo marito.

«Ha detto che sarà qui in dieci minuti… E mi sembrava molto convinta!»

# Capitolo 9

## Due chiacchiere con Quercia

Nove minuti e trentaquattro secondi dopo, Madame Flora si affacciò all'angolo tra viale Dante Alighieri e via Petrarca. Era una buffa signora vestita con un tailleur verde e un cappellino marrone dal quale spuntavano fiorellini gialli. Si avvicinò piano piano all'assembramento di poliziotti e chiese con la voce più tranquilla del mondo: «Buongiorno signori, che succede di bello?».

Il sindaco, che era al telefono con il presidente della Provincia, le rivolse uno sguardo severo.

"E questa chi è?" pensò squadrando la donna dalla testa ai piedi.

«Sono Madame Flora, fioraia e giardiniera» disse lei, come se gli avesse letto nel pensiero. «Mi hanno detto che avete un piccolo problema con le piante…»

«Piccolo?» ripeté il sindaco, coprendo il telefono con una mano perché il presidente non sentisse. «Si guardi intorno, le sembra un problema *piccolo*?»

«Oh be', forse le piante si sono un po'... inalberate» ridacchiò. «Ciao bambini!» soggiunse alzando gli occhi. «Che bella quercia, eh?»

«Ciao!» rispose Anna. «Sì, ti piace?»

«Molto!» rispose la donna. «I palloncini le donano davvero! Dunque questi signori vorrebbero farle del male?»

«Già! E vogliono tagliare anche tutti gli altri alberi» rispose Diego. «Ma noi non lo permetteremo!»

«Bravi ragazzi» disse la signora. «Anch'io sono convinta che con le buone maniere si ottiene tutto! Mi permettete di scambiare due paroline con il vostro amico albero?»

«Certo, si chiama Quercia» precisò Anna.

«Bel nome, molto... appropriato!» annuì la signora. «Dunque, cara Quercia, come stai? È un po' che non ci si vede!»

Sotto lo sguardo stralunato di grandi e bambini, Madame Flora iniziò una strana conversazione con l'albero.

«Ma non mi dire! E Pino come sta? L'ultima volta che l'ho visto aveva una brutta cera. Anzi, una brutta resina! Ah bene, sono contenta… Ma dimmi, com'è che avete messo su tutta questa bara-onda? Sì? Già lo so… Be', certo, avete pienamente ragione! Ah, come ti capisco… Cosa vuoi che ti dica… Va bene, riferisco, vediamo cosa si può fare».

Terminato quel bislacco dialogo, Madame Flora si rivolse ai bambini.

«Vediamo se riesco a venire su, così parliamo più comodamente. Sapete, alla mia età non sono più agile come voi».

Madame Flora si tolse le scarpe, si arrampicò sul tronco e si mise a sedere accanto ai bambini.

«Dunque, ragazzi, le cose stanno in

questo modo» cominciò a dire, siste-
mandosi per bene le pieghe della gonna.
«Le piante si sono proprio stufate! Non
ne possono più di tutto questo inquinamento. Troppo superlavoro!»

Dall'espressione dei suoi giovani in-
terlocutori, Madame Flora si rese conto
che doveva spiegarsi meglio, quindi
continuò: «Sapete, vero, che le piante
assorbono l'anidride carbonica e la tra-
sformano in ossigeno? Ecco, negli ultimi
tempi sono costrette a fare gli straordi-
nari per colpa dell'inquinamento. E sono
molto arrabbiate con gli esseri umani,
perché non solo continuano a inquinare,
ma sono anche ingrati: tagliano boschi

e foreste, non rispettano gli spazi verdi, sporcano dappertutto. Non si può continuare così, giusto?».

«Povere piante!» esclamò Anna.

«Per questo hanno deciso di protestare» riprese Madame Flora. «Quercia dice che hanno sparso la notizia e altre piante del mondo si stanno già organizzando per fare lo stesso».

«Se non arrivano prima le ruspe...» commentò Laura.

«Cosa possiamo fare per aiutarle?» chiese Diego a Madame Flora.

«Oh, cari ragazzi»

rispose lei. «Ci sono tante cose che si possono fare! Rispettare la natura significa stare attenti a tutti i comportamenti che possono danneggiarla, da quando vi lavate i denti al mattino a quando spegnete le luci la sera. Pensate sempre: "Questa cosa fa male all'ambiente?" e vedrete che dopo un po' vi verrà spontaneo agire nel modo corretto».

«Lo faremo!» disse Diego, convinto. «Te lo promettiamo!»

«Oh, povera Quercia!» esclamò Anna, chinandosi per abbracciare il ramo su cui era seduta. « Ti voglio tanto bene!»

Flora sorrise. «Benissimo» disse battendo le mani sulle ginocchia. «Io devo proprio andare. Ho una pianta carnivora che ha fatto indigestione! Datevi da fare ragazzi, il futuro del mondo dipende da voi!»

«Contaci!» disse Diego. «Faremo tutto il possibile!»

«Cara Quercia» continuava Anna, carezzando dolcemente la dura corteccia. «Ci prenderemo cura di te!»

Flora scese cautamente dall'albero e si rimise le scarpe. Quindi si accostò al tronco e, riparandosi la bocca con le mani, sussurrò qualcosa che nessuno poté sentire. Poi si voltò, si avvicinò al sindaco e lo guardò dritto negli occhi.

«Faccia il bravo, lei. Lasci lavorare i ragazzi» disse con un tono così autorevole che il sindaco arrossì e lasciò che la donna se ne andasse senza avere il coraggio di replicare.

## Epilogo

«E poi, nel giro di qualche giorno, tutto tornò alla normalità! Le piante ripresero le loro dimensioni consuete».

«Anche Benny, mamma?»

«Sì, anche Benny!  La città ritornò uguale a prima. O quasi…»

«Raccontala ancora! Ti prego!»

«Ancora? È già la seconda volta, oggi!

E poi guarda, ecco che arriva lo zio Diego con Elisa».

Erano passati tanti anni da quella magica settimana che aveva sconvolto la città. Molte cose erano cambiate, da allora. Adesso, su ogni tetto c'erano pannelli solari, le persone giravano a piedi, in bicicletta o su mezzi pubblici e auto elettrici. Erano stati piantati tantissimi alberi, e la città era verde quasi come ai tempi della foresta misteriosa.

Anna aveva continuato a vivere lì, ed era diventata sindaco: aveva progettato e realizzato edifici, sistemi di trasporto e metodi di illuminazione ecologici, perfezionato la raccolta differenziata e aiutato tutti coloro che avevano idee per abbattere l'inquinamento.

Diego invece era andato a vivere in campagna ed era diventato agronomo. Aveva messo a punto metodi di coltivazione biologica che avevano reso superflui i concimi e i pesticidi.

Entrambi avevano avuto dei bambini, Elisa e Matteo.

Matteo sedeva accanto alla sua mamma, ai piedi di una vecchia quercia in mezzo a un parco. Quando vide la cuginetta Elisa che arrivava insieme al padre, si alzò e le corse incontro: «Finalmente, è un'ora che vi aspettiamo!» disse. «Vieni a vedere, abbiamo scoperto un nido!»

Anna e Diego si abbracciarono, mentre Matteo mostrava a Elisa il nido nascosto tra le foglie, in cui pigolavano tre piccoli passerotti.

«Ciao, Quercia!» disse Diego, carezzando il tronco rugoso. «Sempre in forma, eh?»

«Già, il tempo passa e lei diventa

sempre più bella» commentò Anna.
«Vieni, ho preparato una torta di mele.
Devi dirmi se ti piace!»

Diego e Anna avevano mantenuto l'a-
bitudine di incontrarsi da Quercia una
volta all'anno. Facevano un pic-nic proprio lì, nel parco sorto dove un tempo
c'era stata la loro casa, in viale Dante

Alighieri. Poi avevano iniziato a portare i loro bambini, ai quali raccontavano la storia della foresta misteriosa, tante e tante volte, perché Matteo ed Elisa non si stancavano mai di ascoltarla.

Anche quel giorno, Diego e Anna dovettero raccontare ancora e ancora. E ogni volta i bambini chiedevano, alla fine: «E Madame Flora?».

«Madame Flora se ne andò e nessuno la rivide più» disse Diego. «Ma se qualcuno avesse bisogno di lei, sono sicuro che tornerebbe».

La giornata volgeva ormai al tramonto quando Anna e Diego decisero di andare. Si avvicinarono a Quercia e la abbracciarono, stampando un bacio sulla ruvida corteccia.

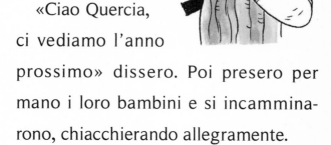

«Ciao Quercia, ci vediamo l'anno prossimo» dissero. Poi presero per mano i loro bambini e si incamminarono, chiacchierando allegramente.

Erano già lontani quando, da qualche parte dietro il grande tronco, comparve Madame Flora.

La donna indossava lo stesso tailleur verde, le stesse scarpette e lo stesso cappellino di tanti anni prima, e aveva l'identico sguardo dolce e vivace.

«Allora, vecchia mia, avevo ragione o no?» disse, battendo la mano sul tronco di Quercia.

«Sì, avevi ragione» rispose una voce profonda e antica. «Abbiamo fatto bene a fidarci. I bambini avevano capito».

# INDICE

Benny è ingrassato .......................... 5

Invasione! ..................................... 15

Niente scuola! ............................... 23

Sull'albero ..................................... 33

Lamentele in arrivo ...................... 45

Arrivano anche i guai ................... 53

Dalla parte dei bambini ............... 61

La persona giusta .......................... 69

Due chiacchiere con Quercia ........... 75

Epilogo ......................................... 85

## LE STORIE DELL'ARCOBALENO

# SCEGLI IL COLORE DELLA TUA STORIA:

**AZZURRO**

Arianna Leoni
**Pesce per un giorno**

**GIALLO**

Jonathan Merlin
**I Piccoli Detective di Borgombroso**

**ROSA**

Mathilde Bonetti
**Danza che ti passa!**